Édition : Hachette Collections pour la présente édition
ISBN collection : 2.84634.054.4
ISBN ouvrage : 2.84634.085.4
Loi n° 49 956 du 16.7.1949
sur les publications destinées à la jeunesse
Achevé d'imprimer : janvier 2007
Imprimé à Singapour par Tien Wah Press

Cette histoire se passe à Londres il n'y a pas si longtemps. Deux adorables Dalmatiens, Perdita et Pongo, vivent heureux dans une petite maison du centre ville avec leurs maîtres, Anita et Roger.

Roger passe le plus clair de son temps à jouer du piano,

pour le bonheur de ceux qui l'écoutent, car c'est un excellent musicien.

Anita et Roger ont à leur service une délicieuse vieille dame, Nanny. Aujourd'hui, Nanny a nettoyé le sous-sol avec soin, car Perdita va probablement mettre au monde ses petits ce soir.

Pongo et Roger attendent au salon, les yeux rivés
à la porte, qui s'ouvre régulièrement :

« Neuf », annonce Nanny.
« Non, onze », crie Anita.
« Treize maintenant »,
corrige Nanny.
« Non, quinze »,
surenchérit Anita.

Quinze petits ? ! Pongo ne
se tient plus de joie
et de fierté !
Roger est perplexe.
« Qu'allons-nous faire
de tous ces chiots ? »
s'exclame-t-il.

« Les garder, naturellement ! » répond Nanny qui entre
les bras chargés de petits chiens attendrissants.

C'est justement
ce soir-là que
la méchante Cruella
vient rendre visite
à son ancienne amie
d'école Anita.
Dès qu'elle les voit,
elle demande à
acheter tous les chiots,
à n'importe quel prix.

« Au fait, combien de petits
Perdita a-t-elle eus ? »
«Pas un de trop », répond
Roger en lui montrant la porte.

Pongo commence
à grogner sourdement.
Cruella, vexée, part
en claquant la porte.

« Je veux ces chiots », grommelle Cruella en montant dans sa voiture. « Et je les aurai ! »

Elle se rend directement chez ses vieux complices, les voleurs Horace et Gaspard, à qui elle expose son terrible plan.

« Attendons que ces drôles de taches apparaissent sur leur peau », dit-elle. « Alors, nous profiterons de l'heure où Perdita et Pongo vont se promener avec leurs maîtres, un soir, pour agir ».

Les chiots aiment beaucoup regarder la télévision,
surtout les aventures d'Ouragan, leur héros préféré.
« OUAH ! Vas-y ! » jappent-ils tous en chœur.

« C'est l'heure d'aller
dormir », dit Pongo.
Perdita et lui poussent
affectueusement leurs
petits du museau.

Perdita a beaucoup de travail avec tous ces petits à s'occuper, et elle réclame bruyamment sa promenade du soir dans le parc.

« Allez ! dit Roger, les petits sont couchés. On y va ? »

Aussitôt, Horace et Gaspard se glissent dans la maison. Ils enferment Nanny dans un placard à balais et enfournent tous les chiots dans un grand sac.

À leur retour, Perdita et Pongo cherchent désespérément leurs petits. Roger appelle la police.

« Ça ne servira à rien », songe Pongo.

« Retournons dans le parc, Perdita ! De notre côté, nous essaierons l'" appel du Crépuscule " ! »

« Qu'est-ce que c'est ? » demande Perdita.

« Le télégraphe secret des chiens. Suis-moi, tu vas comprendre . »

« OUAH ! OUAHOUH ! ... »
aboie Pongo sans se lasser,
de toutes ses forces.

Son message finit par être entendu par un chien de
garde, Dan le grand Danois, qui vit à la sortie de la ville.
« Hein ? QUINZE
PETITS DALMATIENS
ONT DISPARU ?
Faisons passer le message ! »

L'appel arrive aux oreilles d'un Scottish-terrier, qui le transmet à un chien afghan, Prissy. Les aboiements de Prissy réveillent Towser, un vieux chien qui habite dans une ferme, très loin dans la campagne.

« Hum… Tiens ? Un message de Londres ? Quoi ?
Quinze petits Dalmatiens ont disparu ? ! J'envoie sans
tarder le message au Colonel ! »

Et le vieux chien se met à aboyer aussi fort qu'il le peut.

La nouvelle arrive enfin
aux oreilles du Colonel,
dans la ferme où il vit
avec Capitaine, un cheval,
et Sergent Tibs, un chat.

« Un message
urgent de la ville »,
déclare Le Colonel.
Ils dressent tous l'oreille.

« Hem ! À ce qu'on dirait, quinze chiots dalmatiens
auraient disparu. »

« Ce sont peut-être eux que j'ai entendus ! » dit Tibs.

« Qu'as-tu entendu ? » demande Le Colonel.

« Il y a eu beaucoup de bruit cette nuit dans la propriété de Cruella. Ça ressemblait fort à des jappements de jeunes chiots. D'ailleurs, regardez… la cheminée fume ! C'est qu'il y a du monde ! »

« Allons y jeter un coup d'œil », ordonne Le Colonel.

Le chat se glisse en silence à l'intérieur de la maison. « Par mes moustaches, s'étonne-t-il, ils sont beaucoup plus que quinze. Envoyons vite une réponse à Londres. »

« Écoute, Perdita !
C'est le grand Dan ! »
Pongo a passé la nuit
assis à la fenêtre,
dans l'espoir de recevoir
des nouvelles
de ses petits.
« Que dit-il ? »
demande Perdita.

« Chut ! Écoute : OUAH, ARF, OUAOUUUH ! Ils ont été
retrouvés dans une vieille maison à la campagne. Partons
sans tarder. »

Un long voyage commence alors. Tous les chiens qui ont servi de relais leur montrent le chemin, les réconfortent et les encouragent. Ils arrivent enfin à la ferme du Colonel et de ses compagnons, complètement épuisés.

« Venez, dit Tibs, il n'y a pas une minute à perdre ! »

Les deux voleurs regardent tranquillement la télévision. Pourtant, une horrible tâche les attend après le film : abattre les chiots ! Car la méchante Cruella désire se confectionner un manteau en peau de Dalmatiens !

« Ils sont trop nombreux », s'étonne Perdita en comptant les petits. « 1, 2, 3, 4… 42, 43… 64, 65… 97, 98, 99 ! Pongo, ils sont 99 ! »

« Ne t'inquiète pas, chuchote Pongo, nous les
emmènerons tous avec nous. Nous n'en laisserons pas
un seul à Cruella ! »

Ayant découvert un petit trou dans le mur, ils y font
passer tous les petits en silence, pour ne pas alerter
les voleurs. Mais voilà la fin du film, et Horace et Gaspard
se lèvent pour exécuter les ordres de Cruella.

« Mais… où sont les chiots ? » s'écrie Gaspard.

Ils cherchent dans toute la maison. Soudain, par la fenêtre, Horace aperçoit les Dalmatiens.

« Je les vois, hurle-t-il. Ils se dirigent vers la vieille grange ! »

« Dépêchez-vous », dit Le Capitaine à Perdita et Pongo. « Tibs et moi, nous nous occuperons des voleurs. Ainsi vous aurez le temps de vous échapper ! »

Juste à ce moment, Horace et Gaspard arrivent à bord de leur vieux camion.

Mais les ruades du cheval et les coups de griffes du chat ne font que retarder Horace et Gaspard qui remontent dans leur véhicule pour se lancer à la poursuite des chiots.

Soudain, la neige se met à tomber. Une bise glacée siffle autour des malheureux chiots pris en chasse par les deux brutes.

« Il faut trouver un endroit pour nous reposer »,
dit Perdita. « Les petits ne résisteront plus
longtemps, ils ont faim et froid, et ils sont fatigués. »

« Bonsoir, soyez les bienvenus dans ma ferme ! »
Perdita et Pongo sont surpris et heureux. La voix
amicale appartient à un élégant Colley qui ajoute :
« Vous dormirez au chaud dans la grange.
Et ne vous inquiétez pas ! Vos petits y trouveront
de quoi apaiser leur faim ! »
Il les conduit dans une grange accueillante, au milieu
de bonnes vaches douces et rassurantes !

« Comme ils ont l'air affamé, les pauvres petits ! disent les vaches. Venez boire notre bon lait ! »

Les chiots boivent goulûment à leurs pis, et s'endorment bientôt, repus, dans la paille chaude et odorante.

Le Colley annonce son plan à Perdita et Pongo.
Le retour des chiots à la ville est arrangé, grâce à un ami,
un magnifique Labrador noir.

« Demain matin, vous irez au village.
Les maîtres de mon ami ont un magasin,
devant lequel est garé un camion de déménagement.
Vous vous y cacherez, et vous serez chez vous avant
le soir ! »

   « Mais, s'inquiète Perdita, si Cruella et ses
acolytes nous rattrapent ? »

   « Tout ira bien, dit Pongo d'un ton calme. Allons dormir,
nous aussi ! »

Le lendemain, à l'aube, ils remercient leur ami et se hâtent vers le village.

La tempête s'est arrêtée. Et pour leurs ennemis, les traces sont faciles à suivre dans la neige fraîche, malgré les efforts de Pongo pour les dissimuler !

Cruella et ses hommes arrivent au village juste après eux !

« Venez », leur crie
le Labrador qui guettait
leur arrivée.

« Regardez, c'est ce
camion là-bas, mais il
vaut mieux vous cacher
dans la forge, en attendant
que ces brutes aient disparu ! »

Ils réussissent à dissimuler tous les chiots à la vue
de Cruella !

`   « Maladroits », hurle-t-elle à ses complices.
« Je suis sûre qu'ils ne sont pas loin. Trouvez-les !
Et vite ! »

« Comment leur échapperons-nous ? » soupire Perdita.
« Oh non ! Arrêtez de jouez dans la suie ! Vous allez vous
salir ! »

   « Au contraire, dit Pongo, c'est une excellente idée !
Roulez-vous bien dans la suie, jusqu'à ce que vous soyez

tout noirs ! Maintenant, ce sont des chiots labradors que nous avons là ! »

« Alors, nous aussi… il va falloir nous rouler là-dedans ? » demande timidement Perdita.

Eh oui ! Les voilà tous aussi noirs que leur ami !

« Surtout, pas un bruit, les petits ! »
ordonne le grand Labrador.
« Nous allons passer derrière
Cruella et sauter dans le
camion ! Prêts ? »
    Perdita et Pongo aident
patiemment les petits à
monter dans le camion.

Soudain, voilà que le camion démarre !
« Dépêchez-vous ! » souffle le Labrador.

Mais un chiot grassouillet passe sous une gouttière dégoulinante, et le voilà qui se retrouve mi-Dalmatien, mi-Labrador !

« Les voici ! » s'exclame Cruella.

« Vous m'avez
trompée, mais
vous ne vous
en tirerez pas
comme ça !
Suivez
ce camion,
les gars ! »

La route
est glissante
et Cruella roule
bien trop vite !
Au premier virage,
sa voiture dérape.
Personne n'est
blessé, mais
la voiture est
hors d'usage.
Les Dalmatiens
sont sauvés.

Anita et Nanny décorent le sapin de Noël. Roger est trop triste pour jouer du piano.

« Je n'arrive pas à croire que Perdita et Pongo nous aient quittés », répète-t-il.

La brave Nanny essuie une larme.

« Quelle nuit affreuse j'ai passée ! Parfois, je croyais les entendre aboyer, mais hélas, ce n'était qu'un rêve ! »

« OUAH !
OUAH ! »
« Il y a quelqu'un ? »
demande Nanny
en ouvrant
la porte.
« Bonté divine !
Auriez-vous
invité des
chiens noirs
pour Noël ? »

« Oh ! Ce sont eux ! » s'écrie Anita, en brossant un peu la suie du dos de Perdita. Puis des chiots.

« Regarde, Roger ! Nous voilà avec 99 petits ! »

« Ça ne fait rien », dit Roger tout heureux.
« Gardons-les tous ! Et, pour les loger, nous
achèterons une grande maison à la campagne ! »